D0819531

NO LONGER PROPERTY OF
ANYTHINK LIBRARIES/
RANGEVIEW LIBRARY DISTRICT

*T1-BNC-534*

*Para Tommaso, Chiara, Francesco*
*y todos los niños que le tienen miedo a las pequeñas oscuridades,*
*¡con la esperanza de que lleguen grandes luces cuanto antes!*

Puedes consultar nuestro catálogo en www.picarona.net

PEQUEÑA OSCURIDAD
Texto e ilustraciones: *Cristina Petit*

1.ª edición: abril de 2017

Título original: *Piccolo buio*

Traducción: *Lorenzo Fasanini*
Maquetación: *Isabel Estrada*
Corrección: *M.ª Ángeles Olivera*

© 2014, Editrice Il Castoro Srl, Milán, Italia
www.castoro-on-line.it
info@castoro-on-line.it
Libro negociado a través de Ute Körner Lit. Ag., Barcelona, España
www.uklitag.com
(Reservados todos los derechos)

© 2017, Ediciones Obelisco, S. L.
www.edicionesobelisco.com
(Reservados los derechos para la lengua española)

Edita: Picarona, sello infantil de Ediciones Obelisco, S. L.
Collita, 23-25. Pol. Ind. Molí de la Bastida
08191 Rubí - Barcelona - España
Tel. 93 309 85 25 - Fax 93 309 85 23
E-mail: picarona@picarona.net

ISBN: 978-84-9145-027-6
Depósito Legal: B-576-2017

*Printed in India*

Reservados todos los derechos. Ninguna parte de esta publicación, incluido el diseño de la cubierta, puede ser reproducida, almacenada, transmitida o utilizada en manera alguna por ningún medio, ya sea electrónico, químico, mecánico, óptico, de grabación o electrográfico, sin el previo consentimiento por escrito del editor. Dirígete a CEDRO (Centro Español de Derechos Reprográficos, www.cedro.org) si necesitas fotocopiar o escanear algún fragmento de esta obra.

Cristina Petit

# PEQUEÑA OSCURIDAD

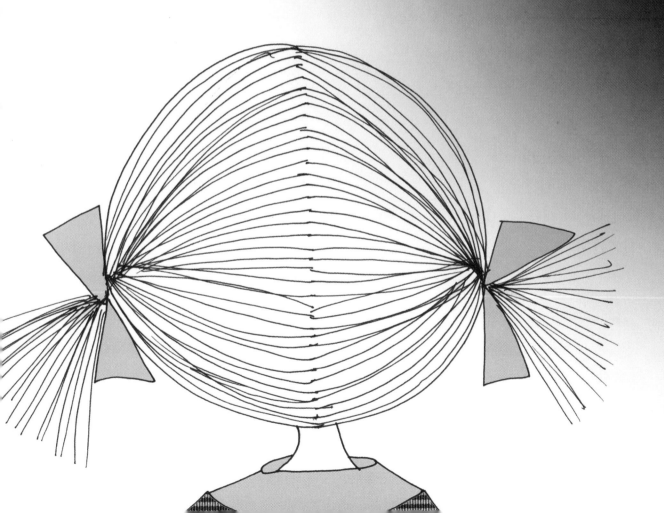

 Picarona

Una noche oscura de un martes de noviembre,
quizás por un picor o puede que por un estornudo,
Talía se despertó.

Fuera como fuese, el sueño no volvió,
y Talía vio una lucecita
que venía de otra habitación.

—Yo soy una niña mayor;
para mí, es una pequeña oscuridad
y esta luz anaranjada seguro que no es...

—...¡un monstruo que me quiere comer!
Yo no tengo miedo, pero será mejor que me vaya.

—Yo soy muy valiente;
para mí, es una pequeña oscuridad
y estas luces rojas seguro que no son...

—...¡los ojos del lobo que devora un montón!
Yo no tengo miedo, pero será mejor que me vaya.

—Yo soy la niña menos asustadiza del mundo;
para mí, es una pequeña oscuridad
y estas luces verdes seguro que no son...

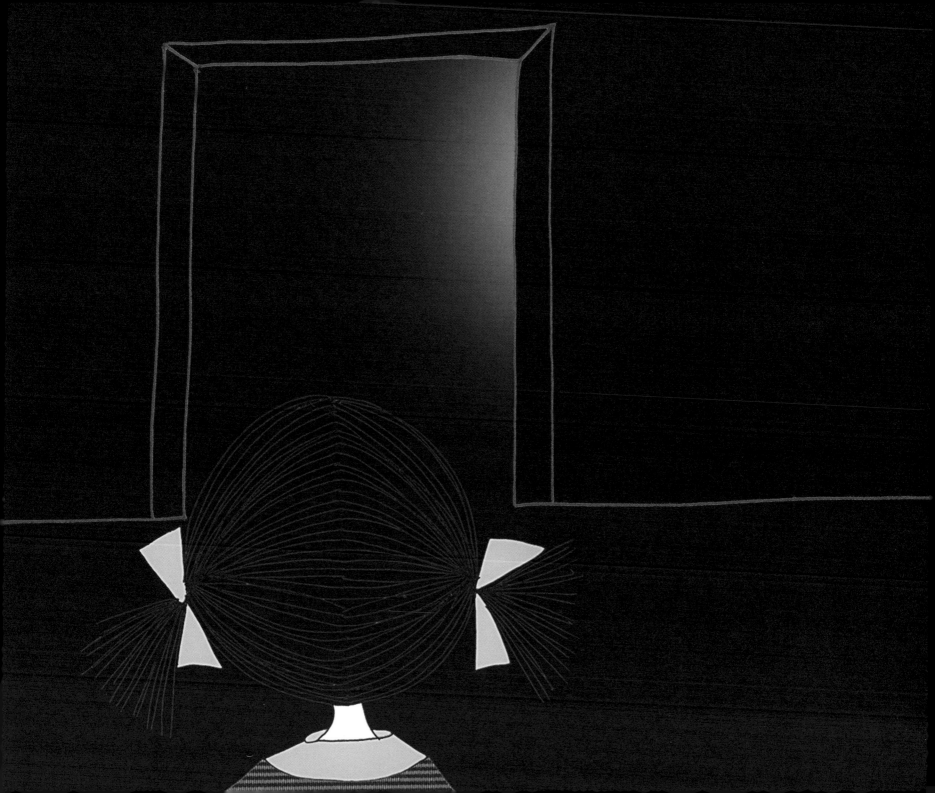

—...¡las antenas de un monstruo feo y barrigón!
Yo no tengo miedo, pero será mejor que me vaya.

—Sin duda no me quedaré aquí temblando;
para mí, es una pequeña oscuridad
y estas luces azules seguro que no son...

...os dientes afilados de un gran tiburón!

...tengo miedo, pero será mejor que me vaya.

—Yo soy una niña que va a la escuela;
para mí, es una pequeña oscuridad
y esta luz amarilla seguro que no es...

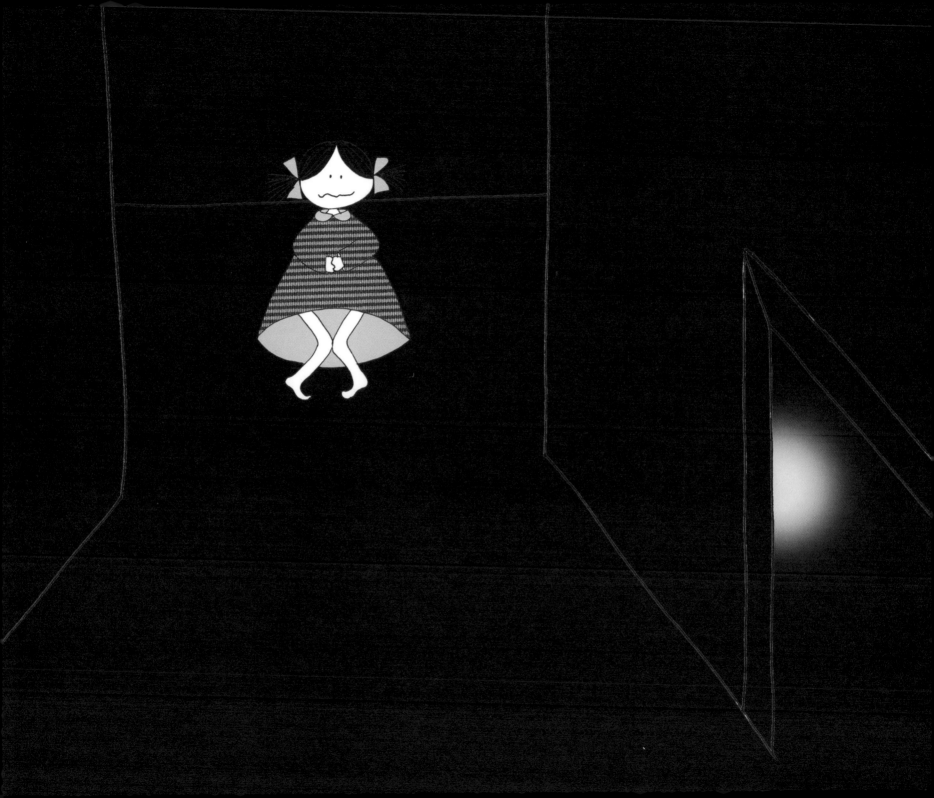

—...¡un fantasma que me quiere capturar!
Yo no tengo miedo, pero será mejor que me vaya.

—Un momento... Un momento... Y aquella luz brillante... Vamos a ver qué es...

—...¡es mamá que se ha dormido con el libro en la mano!

—¡Ahora me encargo yo, mamá! Cierro el libro,
te arropo en la cama, te doy un beso
y apago la luz.
Y no te preocupes, la casa está tranquila,
no hay monstruos.
¡Acabo de comprobarlo, habitación por habitación!

—Y sé perfectamente...

... ¡qué son todas esas luces!

MI CASA, SUS PEQUEÑAS OSCURIDADES

Y SUS PEQUEÑAS LUCES

BAÑO

BAÑO

ME GUSTA MI CASA

LAVADORA

SALA
DE ESTAR

SALA DE ESTAR

ESTUDIO

ORDENADOR

LECTOR DE DVD

WELCOME

POR AQUÍ SE ENTRA

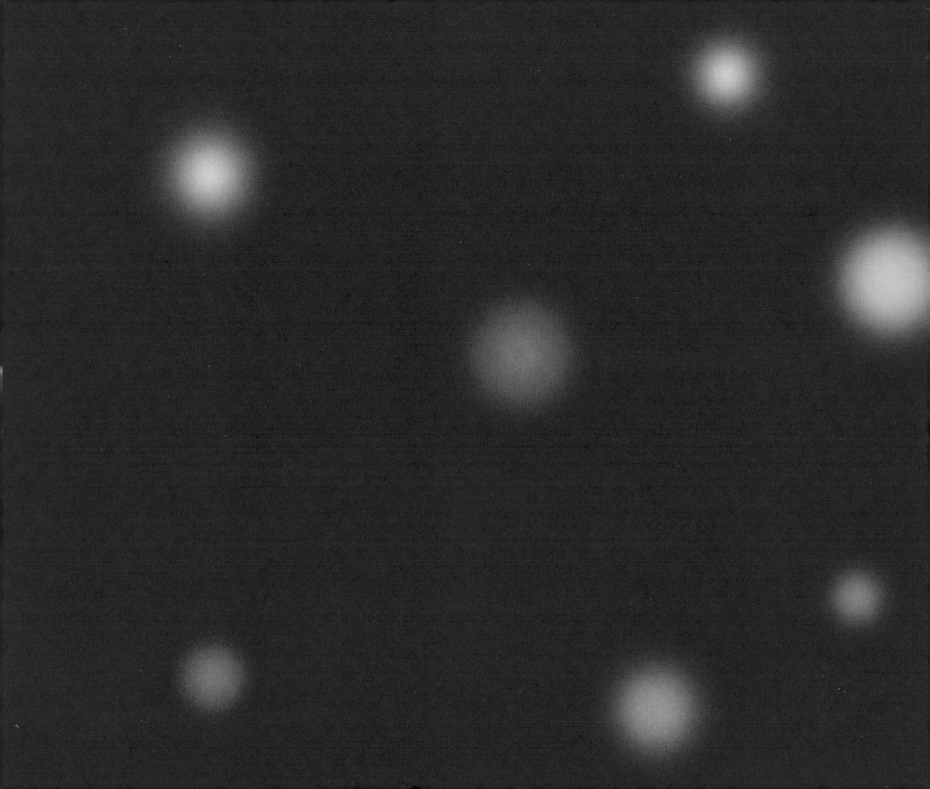